马丁历险记之

侏罗纪日记

2.雨中曲

[意] 菲利普·奥斯本 ◎ 著

[意] 罗伯塔·普罗卡奇 ◎ 绘

马天娇 ◎ 译

海南出版社

·海口·

第 1 章
回到侏罗纪

第1章

马丁的奶奶

不！哎呀！差点就成功了……

爆炸！怎么才能启动火箭炮？！

你觉得她注意到"轻微"的延迟了吗?

亲爱的日记：

　　我是马丁，无意间闯入了侏罗纪世界。我原本是去陪奶奶一起吃午饭的，万万没想到开往斯塔滕岛的公共汽车居然有神奇的魔法，我被它带到了史前时代。

　　我知道，这些事情不只发生在电影、动画片或者菲利普·奥斯本的书里，也可能发生在任何人的身上。因为我帅气又聪明，所以很快就成了侏罗纪世界的领导者。

"马丁，你要么组建个清洁队，要么自己打扫上课的教室！"校长帕维突然对我喊道。虽然这头史上最小的恐龙身高不过5厘米，但是非常擅长耍威风。

我的祖先说过："浓缩的都是精华！"

但愿这样的祖先并不存在……否则只能说明他们文化水平有限！

帕维校长身高：5厘米

好吧，我承认我不是这里的领导者，但是我却像灯塔一样，用自己的才华和智慧指引着侏罗纪所有的动物。而且，我**差点儿**把这个世界从冰川期拯救出来。我以为可以阻止恐龙灭绝，但是，并没有……无论如何，我的出发点是好的，对吧？

现在我要帮助他们躲避陨石的袭击和黑暗社团的迫害。要知道，黑暗社团的老大——霸王龙不先生十分残暴。另外，我的同学伊芙、麦克和艾德这三个坏蛋也乘着同一辆神奇的公共汽车来到了这里，与黑暗社团狼狈为奸。但是，他们三个人做事像无头苍蝇一样。

坏蛋总是令人生厌！

史前时代的坏蛋也是如此！

说明：对于不喜欢的家伙，马丁会毫不客气地捉弄他们。

我知道陨石很快就会从天而降，摧毁一切。我十分担心恐龙们的安危，无论如何我一定要救他们……

我把在侏罗纪结交的朋友们都召集到一起。是的，我需要保持镇定！然后告诉他们巨大的陨石就要来了，他们会被砸成肉饼，最后变成一堆化石。

进化规则！

鸭嘴兽万岁！

抱歉……不过这不关我的事，是优胜劣汰的自然法则让你们灭亡，罪魁祸首不是我……而且，我觉得你们的确算不上是可爱的小动物……

霸王龙

　　现在，我首先要做的就是组织好语言。

　　我应该这样说：嘿，朋友们，我有一个好消息和一个坏消息。坏消息是幸存下来的不是恐龙，而是鸭嘴兽；好消息是恐龙的化石会在很多大型博物馆里展出。　乐观一些来看，恐龙们才是真正具有商业价值的物种。毕竟从来没有一部电影叫作《鸭嘴兽公园》，对吧？

抱歉……不过这不关我的事，是优胜劣汰的自然法则让你们灭亡，罪魁祸首不是我……而且，我觉得你们的确算不上是可爱的小动物……

除此之外，也许还有其他的坏消息。我让他们在课桌前坐好，我得好好想想，该如何措辞才不会伤害他们的心灵。大家坐好后，我站在讲台上，用充满智慧的腔调说："同学们，现在我要给你们讲一讲，未来将发生在你们身上的事情。去跟你爱的人说再见吧！一切都将结束了！"

呃，我说得是不是太直白了？

今日话题

今天我们讨论一下
"感觉"

……一切都将结束了。去跟你爱的人告别吧！

闷闷不乐

他们将会灭绝！

"什么？"坚信自己能飞的剑龙沃尔多紧张地问，"出什么事了？"

恐龙很容易受到惊吓！

我觉得他们的反应有点儿夸张！

"我不是害怕……只是出事的时候，我希望自己不在现场。"瑞普特突然说。他是有史以来最幽默的迅猛龙，听他说完，全班哄堂大笑。

啊哈哈哈　哈哈哈哈　哈哈哈哈哈！

瑞普特的表演秀很受欢迎。想做侏罗纪总统的特丽莎赞赏地说："瑞普特，你绝对是独一无二的，就像其他人一样。"

哎，别惊讶，三角龙不怎么聪明，这件事地球人都知道！

特丽莎只是不会好好夸赞别人。

班上大部分学生都走了，我问最聪明、最可爱而且梦想成为歌手的霸王龙学生劳埃德，其他恐龙都去哪儿了。

　　"去外面玩了呀！"劳埃德说。

　　"可是我只允许他们上厕所啊！"我生气地反驳。

　　"这种规矩目前还没有制订呢！"劳埃德解释道。

这个世界需要我来注入新的活力。我得把马桶发明出来，这必然会掀起一场文化变革。是的，就在今天，我要造出马桶和卫生纸。然而事与愿违，我在黑板上画了个马桶，然后问沃尔多，知不知道这东西是干什么用的。没想到他却说："这太容易了。马桶是装食物的，卫生纸可以用来做木乃伊。"

沃尔多头脑
中的变革！

呜!!

抵御陨石之前，
我们最好先
抵御细菌的侵害！
从今以后，
不能在洗东西的
湖里喝水了。
我会发明瓶子，
到时候大家都用
自己的瓶子喝水。
我恨马丁！
哼！
逃跑的细菌

瓶子是什么东西？
被渴死的鱼吗？
还是一只瓢虫
去了药店，
然后问：
"有卖去黑斑的
药膏吗？"

13

瑞普特每次发表言论都会惹得大家哈哈大笑。

我听到这个"小喜剧明星"的笑话时也笑了，但很快又在黑板上画了一个瓶子和一个漏斗，然后分别解释它们的用途。"瓶子可以用来喝水，漏斗则是注水的工具。"多么简单明了。

水

漏斗

瓶子

把一个容器里的水通过漏斗倒入瓶子，然后用瓶子喝水。就这么简单。

（过程） 水——漏斗——瓶子

我都讲得这么明白了，但是大家还不理解。特丽莎还问我："你要把漏斗放在马桶里吗？"哎，我这节课又白上了。

所以……当我们用漏斗喝水时，必须把瓶子扔掉吗？

或许我应该集中精力琢磨如何把大家从陨石灾难中拯救出来。

14

多说一句：还是先考虑如何拯救世界吧！

马丁宝贝，别灰心……那个从湖中取水的漏斗真是个不错的发明哦！

恐龙就是"注定失败"的典型！

　　我现在比较能体会那些优秀同行（比如达·芬奇和爱因斯坦）的感受，也只有他们才能理解我。我如果跟他们在一起，一定能发明许多很酷的东西。比如……

你想知道吗？
请看下一页！

你确定作为恐龙的我们真的需要瓶子吗？

快乐的达·芬奇

所以……亲爱的**同事**，我们今天发明点什么呢？

"相对论"
爱因斯坦

一起来找
不同吧！

人类历史上三大天才

我现在十分理解达·芬奇和爱因斯坦的感受，他们可都是我的同行呢！

我们的第一个发明！

方形足球……

搭配圆形的比赛场地

别问我它的
优势是什么。
毕竟方形球
不适合头球，
这点我也不喜欢。

顺便说一句：这又是一个无用的发明！

我们的第二个发明！

海盗船······网络海盗

谁还关注那些舞刀弄剑的海盗？太落伍了，你以为还是远古时代吗？我们要发明满载网络海盗的海盗船。

随后迪士尼公司就会制作一部新电影，名叫《加勒比海盗黑客》！

菲尔

你们认出来了吗？那是菲利普·奥斯本另一部作品中的人物。

我们的第三个发明！

冰火！不能给任何东西加热！

亲爱的日记，现在你知道我的无限潜力了吧！

当然，我也知道你想了解我的计划，关于从陨石灾难中拯救恐龙的计划……

在我的第一届"苹果陨石发布会"上，我自然会把这件事告诉你和其他恐龙。啊，我到底在说什么啊！

7月21日

8月2日

　　我制订了一个非常完美的计划，非常简单，就是建造几艘太空飞船飞上天。然后在灾难发生前，用飞船把陨石全部击碎。

哇咔咔！

　　这个构想简直比《星球大战》还棒！只可惜，我还没有实现它的技术。

　　我多希望奥斯本能设计一个桥段，让我可以飞上太空跟那些搞笑的外星人对战啊！

　　别急！我会想一些别的主意……

　　为了给学生们一个惊喜，我先保密，然后在我的第一届"苹果陨石发布会"上一鸣惊人。

　　到时候我得打扮成史蒂夫·乔布斯的样子，然后像他一样，用自己的新发明惊艳全世界。我已经想好了演说内容，足以让人感动得一把鼻涕一把眼泪，就连以不爱哭闻名的翼手龙也会哭得稀里哗啦。

我是马丁，
还是史蒂夫·乔布斯?

作为苹果手机、苹果电脑等一系列产品的发明者，我要开发一个新的软件：

"拯救自己！"

　　"有时候生活就像块板砖，它会狠狠地打你的脑袋。但是，你不要因此失去信心。我坚信，只要是自己热爱的，就一定能够坚持下去。所以你首先要弄清楚什么才是你的最爱。这个道理既适用于工作，也适用于那些爱你的人。

　　"众所周知，工作占据了人生中很重要的一部分。所以想要工作舒心，就要做自己最喜欢的工作。那么，如何拥有一份自己喜欢的工作呢？答案就是找到自己的兴趣所在。

"如果你还没有找到目标，那么一定要坚持找下去。

"不要停止追寻。它会像你所有心仪的东西一样，当你发现它的时候你就会知道——就是它了。

"而且你与它之间的关系会像友谊一样，随着时间的推移而变得更加深厚。

"所以，坚持下去，千万不要放弃。"

不要放弃追寻！如果你已经实现了目标，那么就去追寻下一个新的目标。如果你中途放弃的话，知道结果会是什么吗？其实我也不知道！我也迷失了。

我知道史蒂夫·乔布斯说过类似的话，但是我依然会在我的首次发布会上再说一次。

我会公布我的天才计划，详细介绍其中的细节。我还要制作一个巨幅宣传板。

这件事必须做得轰轰烈烈，因为我会把侏罗纪世界从陨石灾难中拯救出来。不过，在此之前我得把这个世界先从无知中拯救出来。发布会上，我会向恐龙们说一说我对"被灭绝"这件事的看法。我一定要把这次宣传工作做得非常棒。我希望……突然，沃尔多的尖叫声打破了我的幻想，我被拉回了残酷的现实。

怎么回事？

平时，劳埃德只有在唱歌时才发出这种尖锐的声音，但我肯定这次不是劳埃德在唱歌。

"救……救命！"沃尔多一直在喊。

教室里只有我一个人，而这声音是从外面传来的。

我像个超级英雄似的冲了出去，结果忽略了一个小细节——门！

"哎哟！"

我如同一只笨手笨脚的鼹鼠重重地撞到了门上。

实不相瞒，我的运动神经真的不太发达。

我调整了一下呼吸，然后打开门出去。

当我找到沃尔多时，惊讶地发现他正在角落里瑟瑟发抖。

"嘿，我的朋友，发生了什么事情？"

"是不先生！"

那个臭名昭著的霸王龙，他来了！

听到不先生的名字，我不禁有些反胃。那种感觉就像是被人逼着吃了一百个汉堡一样。

"他把你怎么了？"

沃尔多赶紧解释道:"不是我……而是劳埃德!"

"不先生把劳埃德怎么了?"我紧张地问。

我了解那几个坏蛋,他们什么坏事都干得出来。

沃尔多哽咽着,话都说不清楚了。

过了好久,沃尔多才调整好状态,鼓起勇气讲述了事情的经过。

"他们绑架了劳埃德!就是黑暗社团的那些家伙,绑架了劳埃德。"

不!

不不!

不不不!

我忍不住咒骂黑暗社团，我绝对不会放过那些家伙。

"他们把劳埃德抓到哪里去了？"

"我也不知道。但是，不先生让我把这两封信交给你。"

沃尔多心有余悸，伸出的手颤抖不已。

依我看，艾德、伊芙、麦克和不先生都是胆小鬼，不然怎么会让人传信，而不是跟我当面对话呢！

也许是担心跟我当面对话会暴露他们智商不足吧。

"不过是一些纸老虎！"我说，然后接过了信。

为什么会有两封信呢？

他们就不能把所有内容都写在一张纸上吗？难道他们想要传递两种不同的信息？我打开了写着"1"的那封信，暗想：他们居然还懂得给信件编号，干得漂亮。

沃尔多显然比我还心急："快告诉我信里写了什么。"

我认出是伊芙的字迹，念道："保密起见，去阅读另外一封信！"

真是故弄玄虚！黑暗社团的这些家伙不过是一群连信都不会写的笨蛋。

马丁和他的奇葩科学理论！

我打开第二封信。里面有一幅让我伤心的威胁漫画。他们的画和脑子一样垃圾！

不得不承认，黑暗社团虽然无知，但是很会吸引别人的眼球。如果在二十一世纪，他们在社交平台一定前途无量。

黑暗社团万岁！坚决抵制科学！

黑暗社团愚蠢又可笑，但是他们却自认为很酷！

脚镣

劳埃德

只要你告诉大家陨石灾难根本不会发生，我们就放了劳埃德。

我怎么能跟大家说陨石灾难不存在呢？难道要我说天上要下石头雨了？

我把信翻到背面，结果看到了他们不想让我看到的内容。

他们居然把藏匿劳埃德的地方给画出来了。

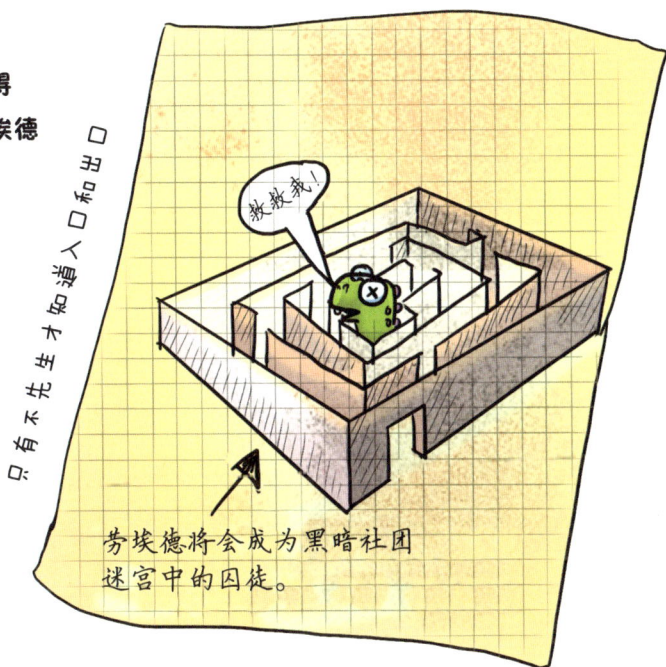

他们觉得
我教不了劳埃德

只有不先生才知道入口和出口

救救我

劳埃德将会成为黑暗社团
迷宫中的囚徒。

　　我看了看沃尔多，然后伸出双手扶他起来。

　　"站起来，伙计！我们叫上其他伙伴一起去救劳埃德。"

　　"可是黑暗社团人多势众，又有三个坏蛋和霸王龙撑腰，我们怎么对付他们？要是他们真的把劳埃德关进了迷宫里，我们根本就斗不过他们。没有人能从里面走出来。只有不先生才知道入口和出口，据说就连迷宫的设计者现在还被困在里面，苦苦寻求出来的办法呢！马丁，那个迷宫机关重重，我们破解不了，甚至……"

"甚至我的朋友书呆子菲尔也不知道。"我补充道。

我和沃尔多离开学校，找到了特丽莎和瑞普特。

书呆子菲尔？
他是另外一个善于
幻想的人！

当得知劳埃德被关进迷宫后，特丽莎不禁失声尖叫起来。

直到她平复了情绪，才说："如果我成了这个世界的总统，我会命令大家好好学语法。"

"可是这跟劳埃德有什么关系啊？"瑞普特问。

如果我是侏罗纪的总统，我会强制大家学习语法的。

"我是说他们在信里用错了语法，还有错别字。这让我难受得想尖叫！"

我们几个忍不住笑起来，谁让特丽莎这么搞笑呢！

但很快沃尔多就提议："或许我们可以从天上展开行动……比如我可以跟翼手龙组队飞到迷宫的上空。"

我们又是一顿狂笑。因为沃尔多总是千方百计地想要

沃尔多的梦想！
展翅高飞！

吉姆·莫里森①曾说："每个人都有一双翅膀，只有拥有梦想的人才能展翅飞翔！"

---

① 吉姆·莫里森，美国著名摇滚歌星，还是一位诗人、艺术家。

飞翔，但是他根本没有翅膀，再说他的体重也不允许他飞啊！瑞普特摇了摇头，大概想到了黑暗社团以及他们无耻的行径。

最后当大家都安静下来时，瑞普特说："不先生小时候曾对他爸爸说，'老爸，你能给我买一本词典吗'，你们知道他爸爸怎么回答的吗？他爸爸说，'哦不，你得自己走着去上学'。"

多么搞笑！瑞普特总能发现事情有趣的一面，这让他变得与众不同。

从不先生幼时的成长环境就能看出，他如今的愚蠢无知是一种必然。

哈！哈！哈！哈

瑞普特最棒

"我有一个计划，说出来一定会让你们觉得我智慧过人、天赋异禀。是的，我有办法救劳埃德了，这全靠我渊博的知识！"

听了我的话，沃尔多笑了，特丽莎脸上担忧的神情也消失了。

瑞普特似乎是被我的聪明才智震撼到了，他静静地仰望着天空，若有所思。

"快说说你的计划！"沃尔多急切地问。

我清了清嗓子，用专家的语调配合着《虎胆龙威》里布鲁斯·威利斯的架势说："伙计们，你们现在得知道，我们的成功离不开绵羊！"

练习: ☐ 学校
☐ 字校
☐ 完校
（请选出正确答案）

猜对的人就可以参加侏罗纪天才大赛啦！

35

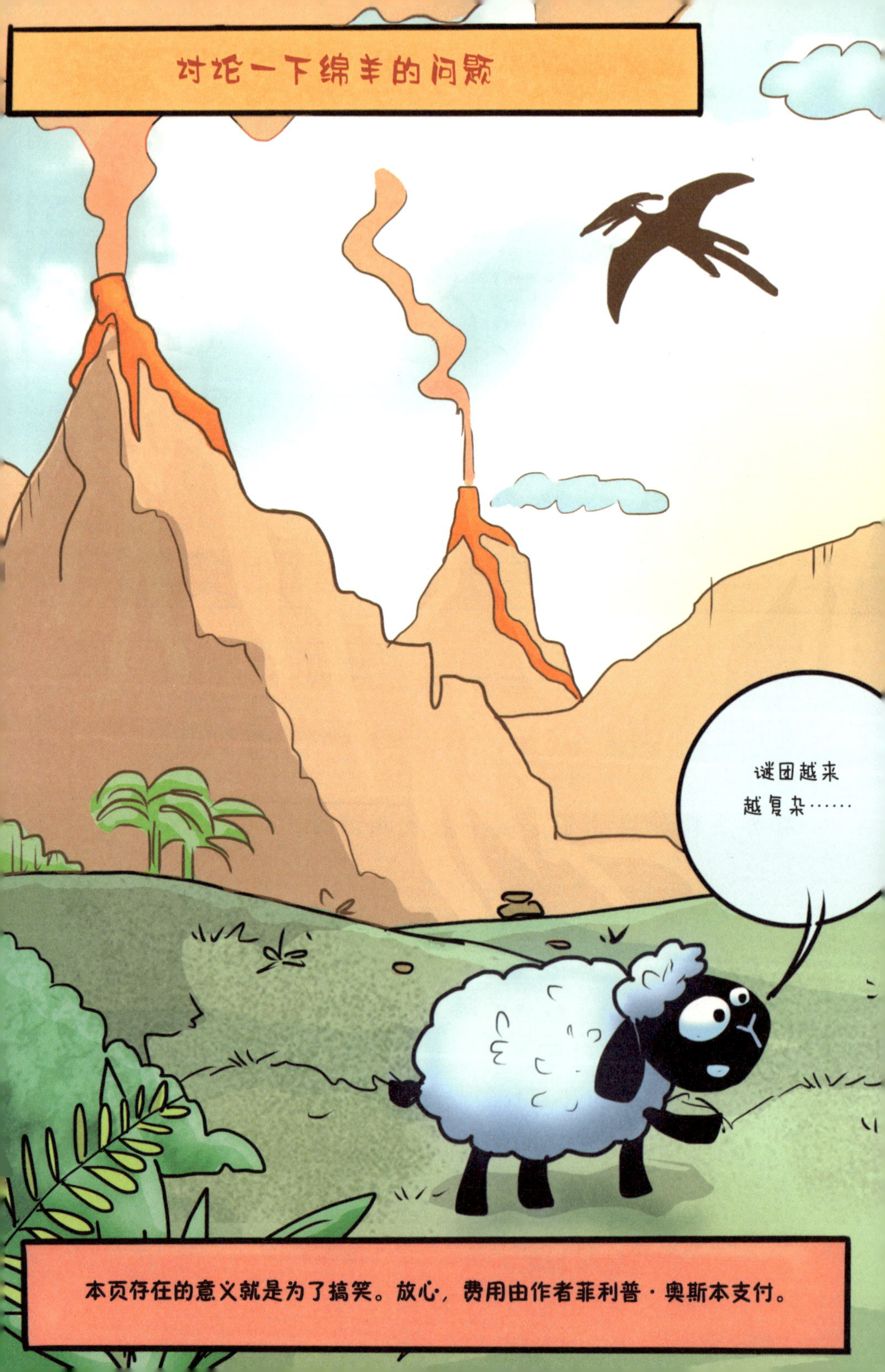
讨论一下绵羊的问题
谜团越来越复杂……
本页存在的意义就是为了搞笑。放心，费用由作者菲利普·奥斯本支付。

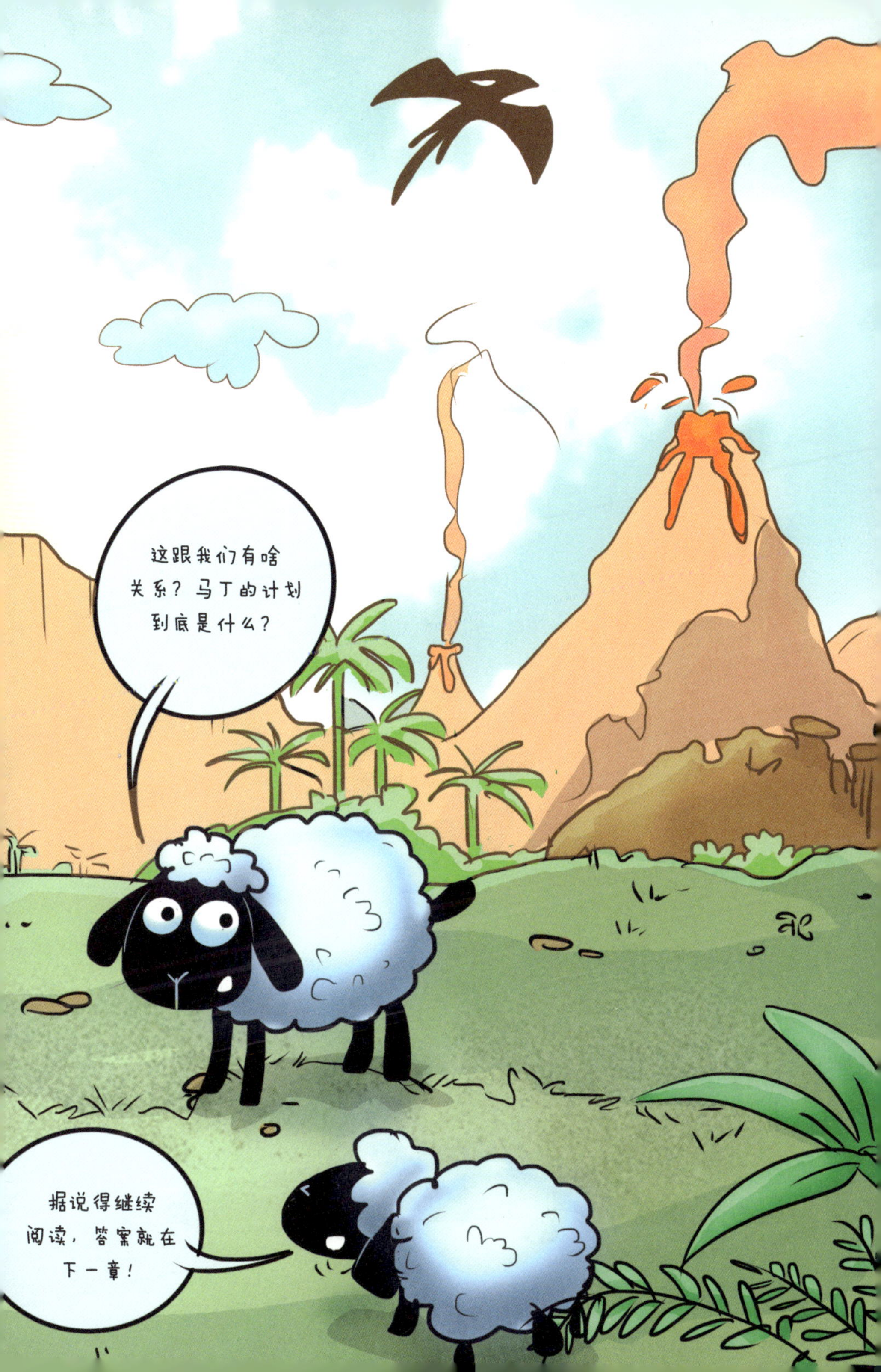
这跟我们有啥关系？马丁的计划到底是什么？
据说得继续阅读，答案就在下一章！

第 2 章
绵羊咩咩叫

亲爱的日记：

　　我把同学们都集合到教室里，像个教授一样站在讲台上，我喜欢这个样子。他们都以为我要提问，实际上我只是想介绍一下解救劳埃德的办法。我刚准备讲，瑞普特就十分急切地举起手。真不明白，此时此刻他到底有什么非说不可的话。

　　"你想去厕所吗？"

　　瑞普特摇了摇头，迟疑了几秒钟后，突然大叫："我得到一些消息！"

　　"你确定那些消息对我们很重要吗？没时间可以浪费了，我们还得去救劳埃德呢！"

　　"我听黑暗社团的人说，艾德、麦克和伊芙明天会去戈多谷，就是你们从神奇公共汽车下车的地方。"

　　问题接踵而来！我咬牙切齿地说："这可不是我想要的。他们绝对不会是单纯地想回到现代世界。没错，他们一定又打了什么鬼主意要对付我们。要怎么样才能知道他们的计划呢？"

　　沃尔多说出了自己的想法："我可以像侦探那样乔装打扮，然后跟踪他们。"

特丽莎也想证明自己可以帮忙，站起来说出自己想法。

"如果沃尔多去跟踪那些坏蛋，那么我可以帮你管理绵羊。"

"那我干什么呀？"瑞普特问。

我回到讲台上，在开始行动之前，我得跟大家说一下营救劳埃德的计划。

我喜欢乔装。
没有人会认为
我是一只鸟。

我在黑板上画了一个迷宫，他们看得目瞪口呆。我赶紧解释道："这是希腊神话中的'克诺索斯迷宫'。"

相传海神波塞冬送给国王米诺斯一头公牛，结果国王的妻子帕西法厄跟公牛生了一个名叫弥诺陶洛斯的怪物。为了困住这个怪物，国王米诺斯派人在克里特岛上建造了一座迷宫。

"克诺索斯迷宫"是代达罗斯和他的儿子伊卡洛斯建造的，是一个由街道、房屋和隧道构成的建筑群。可是当迷宫建造好后，代达罗斯父子才发现自己也被困在其中。

　　为了逃离迷宫，代达罗斯做了两副翅膀，然后用蜡把翅膀粘在了自己和儿子的后背上，两个人这才飞了出去。

所有迷宫都会有
出口！

　　后来米诺斯国王的儿子安德洛革俄斯因为在和希腊人的比赛中总是获胜而得罪了对方，惨遭杀害。米诺斯国王便开始了报复行动。他要求希腊的雅典城每隔9年就要献祭7名男孩和7名女孩，供吃人的怪物弥诺陶洛斯食用。

我也知道！这个神话故事
还挺吓人的！

在这个故事的某个环节中，我需要有一对翅膀。

嘿，说你呢！得意忘形，乐极生悲你懂不懂？

克诺索斯

一提到翅膀，沃尔多就开始幻想……这次他觉得自己就是伊卡洛斯！

雅典国王埃勾斯的儿子——英雄忒修斯决定杀死怪物弥诺陶洛斯。当这个年轻人到达克里特岛的时候，米诺斯和帕西法厄的女儿阿里阿德涅被他深深地吸引了。阿里阿德涅决定帮助忒修斯，于是她给了忒修斯一个红色线团，这样忒修斯就可以在进入迷宫时用红线做标记，随后就能按照标记原路返回。

线团=解决方案

真是个让人讨厌的怪物！

就这样，忒修斯找到并杀死了弥诺陶洛斯，还解救了那些雅典孩子。多亏了阿里阿德涅给他的线团，他才能从迷宫里逃出来。

瑞普特高兴地跳起了舞："太棒了，马丁！我现在知道你为什么需要绵羊了，你想做一个毛线球！你真是太聪

往那边走！

往这边走！

神话注释：

忒修斯是埃勾斯国王的儿子。他对阿里阿德涅说："不杀了怪物弥诺陶洛斯，我是不会离开克里特岛的。"马丁能这么勇敢吗？或许我们该换一个话题。

明了。毛线球能帮助我们走出迷宫。"

"说得没错。"我说道,"这样一来,不管是什么迷宫都难不住我们了。你去跟踪三个坏蛋,我和特丽莎则会想办法从史前绵羊身上弄到羊毛,再制成线团。"

我真是个天才,我将永远崇拜我自己。

呃,忒修斯,这个,呃,它不是给你用来织的……

往哪里走都行!

如果马丁是忒修斯!

幸好我博学多才，才能找到营救劳埃德的最佳方法。如果我平日里不好好学习，就不会想到这个办法，那么这本日记也就没有什么可记的了。

自……恋……狂！

鼓掌 鼓掌 鼓掌 鼓掌

自我陶醉的马丁……

特丽莎举起一把斧子，诡秘地笑着说："我已经做好砍羊毛的准备了。"

　　我被她突如其来的举动吓了一跳，不禁后退了几步。

　　"特丽莎，"我批评她说，"用这种工具会伤害到绵羊的。也许我现在应该先发明剪刀。"

　　"什么？"瑞普特惊恐地问。

　　我看着瑞普特长长的指甲，才发觉他们可能还需要指甲钳。而且我越来越坚信，恐龙灭亡的原因是他们不爱搞个人卫生。

我已经做好
砍羊毛的
准备了！

我得发明剪刀——暂时先把这件事记下来。等我拯救了这个世界，我就会完成这项任务。对了，还得记上我要发明剪刀的原因。

别嘲笑我的想法，你见过谁家没有剪刀？

剪刀

剪刀的用途……

剪比萨！

我知道还可以用刀

就你一个人吃，为什么还把它剪开？

剪 头 发 !

剪 头 发 !

如果有人问，就说可以用来剪头发！

嚓

嚓

谁跟你说
我想剪头发了？

剪比萨！

很明显，
我是不想弄得
到处都是食物
残渣。

还能
用来打电话……

这当然是不可能的！不过他现在已经疯了！

49

剪断情丝！
剪刀的用途……
要是你用这把剪刀跟我一刀两断，那你就是有毛病！
结束无聊的演说！
巴拉 巴拉 巴拉 巴拉 巴拉 巴拉 巴拉 巴拉 巴拉 巴拉 巴拉 巴拉

很明显，这个世界需要我来注入新鲜血液！

但是，现在这些理论性的东西并不是最重要的，重要的是我们得马上行动起来。

我和特丽莎来到翼手龙的地盘，他们会告诉我们哪里有成群结队的绵羊。

不过你也知道，翼手龙的语言很难懂。

而我是唯一能理解他们语言的人，这也是我的天赋之一，毕竟我懂很多种语言。我对他们说："帮我找一个山谷，那里要有很多羊。"

翼手龙说："切歌切歌，唧唧咔咔！"

好的，明白了！

其实我只是听懂了大意而已，某些细节也不是很清楚。但是，凭我的理解，我们应该去北部地区。

三个小·时后！

但是……这里没有羊在吃草。

咩～～～

"你听到了吗？"特丽莎问我。

"当然了，那是绵羊的叫声！"

"翼手龙永远都这么靠谱！"

你听见羊叫了吗？
我们快上山，
声音是从那里传来的。

特丽莎像个孩子似的欢呼起来，不过也许是因为她本来就是个宝宝。

"耶！这比我想象中简单多了。"

"我们快到山上去。声音是从那里传来的。"

"我们怎样才能弄到羊毛呢？"

真是个好问题。这正是我想发明剪刀的原因——剪羊毛。

"我们先去找绵羊，以我的智商，那些问题总会有办法解决。"

现在第一要务就是找到绵羊。我的大脑可是像一百台最新的电脑运转得那么快，还怕想不出办法吗？

羊叫声就在那儿！树的后面。

随着我们的靠近，那声音越来越大。

咩咩咩!!

咩咩咩!!

咩咩咩!!

你居然说
这是小陨石？

"就要大功告成了！"特丽莎激动地说。

"我们这就去剪羊毛，然后弄成毛线。这样我们就能营救劳埃德了！"

突然，特丽莎听到一阵"轰轰"声，接着就看见一颗陨石在距离我们不远处坠落，并砸到了一头路过的雷龙。

我们只能祈祷那个可怜的家伙平平安安，然后就继续去寻找绵羊了。

毕竟我们时间有限。

我们穿过一片树林，却遇到了一个小问题。想知道是什么吗？

我们发现了一只"绵羊"，可她的身体超级巨大！那是一头绵羊龙！

妈呀……救命呀！太可怕了！

"这个世界的东西都这么大吗？"我大叫着。

"你的智慧就没这么大！"特丽莎在距离较远的安全地带挖苦着正被绵羊龙追赶的我。

或许她是嫉妒我的迷人外表！

这家伙演技平平！

我跑得上气不接下气，却又无处躲藏。

关键时刻，我灵活的大脑再次运转起来，马上就想到了"装死"这个妙计。

我可以躺在地上装死！那样绵羊龙就会放过我了。面对这个粗鲁的家伙，我将再次证明智慧的力量。

在我眼中，绵羊龙不过就是一个刚进化完的小家伙。无论如何她都成为不了医生，因为她的蹄子拿不了检查设备。

"孩子，"她突然对我说，"你这把戏我太熟悉了。因为见到狼龙的时候我也是这么做的。"

狼龙？

狼龙！

听到这两个字，我立刻睁大了眼睛，大叫道："不，没有狼龙！"

绵羊龙抱着肚子哈哈大笑起来。

我说的话有那么搞笑吗？

"狼龙已经离开侏罗纪世界了。因为黑暗社团的存在，他在这里根本没有立足之地。所以去找别的地盘了。这么说来，黑暗社团无意之中倒是做了一件好事。"

我对绵羊龙笑了笑。从她皱鼻子的动作和善解人意的眼神中可以看出，她应该既聪明又善良。

"很抱歉打扰到你。"特丽莎插话道。

小红帽，你是不是说过我又丑又小心眼？

我鼓起勇气向绵羊龙介绍我的计划。

我说了整整半小时，绵羊龙听得昏昏欲睡。

最后，她长长地打了一个哈欠，说："行了行了，我懂了。说了这么多，你不如直接告诉我，我能做什么？"

我露出迷人的笑容，说："你只需要去理发。"

"喂，你这话是什么意思？你伤害了一位女士的自尊。"

"别多心，大家都偶尔要去做美容的。"

"好吧！也许这能帮我更好地开展社交活动。一会儿有几头绵羊龙要来这边

绵羊龙现在是我们的朋友！

吃草。"

"好姑娘！"我继续忽悠道，"你就当是投资自己了！"

然而，当绵羊龙看见我制作的"剪刀"后，就深刻地明白了现实和想象的差距。

我削了两片锋利的木片，然后用藤条把木片绑在一起。

绵羊龙不太高兴地问："这是什么？"

"这是剪刀。"

"你确定它不会让我毁容？我可不想变丑。"

我不想吓到她!!

我得从我丰富的知识储备中，找出几句广告语来说服她。

"你的美丽在别的绵羊龙眼中会随着时间流逝而消失。但是在我眼中，你的美丽永远不会消失。即便到了垂暮之年，你也可以自信从容地去看镜中的自己。所以我是唯一值得你信任的人。"

虽然她从来没有见过真正的剪刀，而且身体还在发抖，但是她还是对我露出了微笑。

我深知，她对我的理发技术有些担心。这也可以理解，毕竟我的剪刀看上去有点儿简单粗暴。但是我得教会她积极地思考问题。

凡事多往好的方面想！

"我们需要羊毛，而你需要树立新形象。这个交易很公平。相信我，我来自文明世界，那里更重视外表，简单地说，就是我们都非常爱美。所以你完全可以信任我。我会给你打造一个非常时髦的发型。"

"嗯……"

"别犹豫了。如果害怕改变，你就永远不能拥有全新的自己。"

"好吧，把我变成一头完美的绵羊龙吧！"

她终于明白改变自己一生的时刻到来了，她会变得与众不同。

好吧！

但很快，她又露出威胁的眼神，对我说："要是你剪的发型让我不满意，我就把你的计划告诉黑暗社团！"

我······我······

太酷了！

我说服了她！

我知道她不会去告密的，她不可能跟那些家伙狼狈为奸，只不过是想吓唬我才这么说的。

但我还是假装相信了她的话。

我点点头，两只手举起那把大剪刀。

现在，我看起来就像剪刀手爱德华[①]：我把自个儿的头发都弄得立起来，就像约翰尼·德普在蒂姆·伯顿执导的电影中的造型那样。

我开始随着音乐跳舞，多亏了我随身携带的无线耳机。

音乐能带给我力量，丰富我的想象力，让我变得更勇敢。是的，音乐让我一往无前。

[①] 剪刀手爱德华是蒂姆·伯顿执导的奇幻爱情电影《剪刀手爱德华》中的男主角，是一个拥有人类心智和一双剪刀手的机器人，由约翰尼·德普饰演。

突然间，我不再惧怕尝试去做什么事。相反，我更怕什么都不做。

我竭尽全力为绵羊龙打造新发型，否则我就得不到用来救劳埃德的毛线团。

这个过程中，我就像一个艺术家一样。

我有好多好想法！

先修剪她身体右侧的毛，再剪左侧的。接着，我屏住呼吸，修剪她背部和腿上的毛。

最后的重点是头部。我必须充分发挥自己的创造力才能让她满意。我把自己想象成画家，她就是我的画布。

我想像毕加索那样……不行，抽象派的作品通常都不对称。我决定打造一个三角形的绵羊龙，那样才算大功告成。

所以我得把自己想象成拉斐尔。

我学习过关于他的知识，知道他是一个讲究对称美的艺术家。

"请叫我拉斐尔！"我对绵羊龙说。

不过她根本就不明白我说的是什么。

是呀，她对艺术能有多少了解呢？

知道绵羊龙是怎么回答的吗？

"如果你不好好工作，就得叫'打脸尔'了。"

　　特丽莎对我的技术有点儿怀疑。不过我的确做得很好，而且从来没有这么好过。

　　这有什么可怀疑的呢?

　　特丽莎却战战兢兢地问我："马丁，你确定你能行吗? 我从来没见过你给别人理发。别逞强了，要不让我来试试?"

　　嘿! 居然敢怀疑我。

　　我气呼呼地对特丽莎说："我绝对不能容忍别人小看我!"

　　如果有一件事我不能忍受的话，那就是别人小看我!

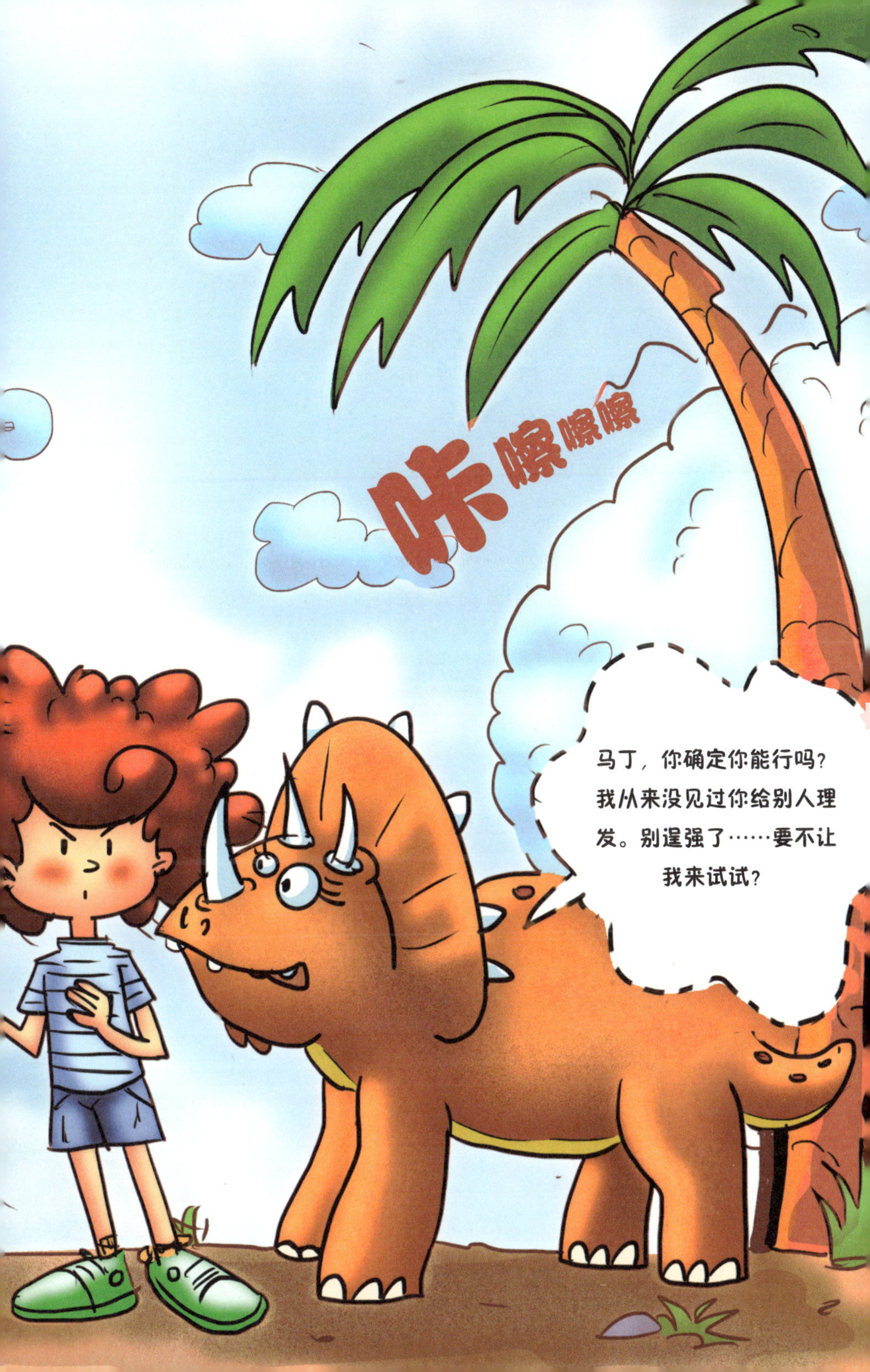

咔嚓嚓嚓
马丁，你确定你能行吗？我从来没见过你给别人理发。别逞强了……要不让我来试试？

天才如我，从来不怕尝试新鲜事物。但我很怕别人不相信我的能力。

　　我淡定地看着绵羊龙，并试着让她放松下来："别担心，要相信你的美丽程度取决于你的心态。一个只想花50美分的人，不可能拥有一个价值50美元的发型。"

　　我希望我的话能够安抚到她。不过看样子她并没有领会到我精妙的语言艺术。

　　"他们说你曾经生活的那个时代，只要发型美，再穿一双好鞋，就会很受欢迎，是吗？"

　　她把我搞糊涂了。

　　"你是什么意思？"

　　"我不知道鞋是什么东西……所以我只要一个好发型！千万别惹绵羊龙！告诉你，我们绵羊龙脾气不好，而且还会翻脸不认人！"

这暴脾气！

那是什么东西？

69

70

我让绵羊龙坐在一块空地上，然后我先爬到树上，再爬到她的头上。

我觉得想要打动绵羊龙肯定不容易，但我是马丁，没有什么能难得住我。

"我希望你能让我看起来与众不同……我要变成你们那里最漂亮的女人的样子。我听黑暗社团讨论过麦当娜。你能给我做一个她那样的发型吗？"

"告诉你，你的想法已经过时了。"

绵羊龙的思想还停留在80年代吗？

我见她神情激动，建议道："做一个杜阿·利帕的发型怎么样？在我们的世界，她可是美丽和聪慧的代名词呢！所有人都崇拜她！"

她做了一个难看的鬼脸，然后紧张地问我："她是一头迅猛龙吗？"

我笑着安慰她："不，杜阿·利帕是一名歌手。要是你做了她的同款发型，你就会知道什么叫迷倒众生。"

天才在工作!

大家注意：如果没有父母陪同，不要自己使用剪刀。马丁使用的是特殊剪刀，不会伤害到任何人，所以没有危险。你们千万别像黑暗社团的家伙们那样毛毛躁躁的呀！

别在这页停留太久，
搞不好会把绵羊龙的
毛弄进嘴里。

"我怎么知道自己是否适合杜阿·利帕的发型呢？"绵羊龙说。

杜阿·利帕

我赶紧把手机里的照片拿给她看。

她不禁露出微笑，我甚至从她的眼中看到了闪闪的泪光，也许是激动的，因为她终于能有一个全新的形象了。然而此时此刻，我脑子里想的全都是她身上的羊毛，我需要用她的羊毛做毛线，这样才能破解迷宫难题。

特丽莎不解地看着我，好像我根本就不是理发师似的。

难道我不是吗？

仔细想想，我以前还真没剪过什么东西。有一次我朋友拿着报纸让我剪，结果我不小心剪到了他的手指。所以最好别随便用剪刀，我可不觉得用剪刀剪到手的人能成为理发师。

能不能按照你们那个时代的审美，把我打造成一个与众不同的名人的模样？

绵羊龙这么信任我，我可不想让她失望、难过。我希望她能对我说："是你让我成为一头幸福的绵羊龙。"

想见识见识我的能耐吗？
请翻到下一页！

马丁剪的这个发型跟杜阿·利帕的发型一点儿都不一样。不过看上去也不错。

剪得好，马丁！你可以拿走我的羊毛！

非常酷！

典型的80年代造型！

76

源自另一个时代的发型，不管怎么说，还挺时髦!

幸好绵羊龙喜欢这个发型!

史前时代最奇特的绵羊龙!

知道朋克乐队歌手的造型吧！

以绵羊龙现在的样子肯定乐于加入绿日乐队或者雷蒙斯乐队。

我本来想给她做一个杜阿·利帕那种时髦的造型，结果却给她剪成七八十年代的老式发型。没办法，手感跟不上灵感。

不过我眼中的"过时"对她来说已经是时髦了，所以她还是挺满意的。

绵羊龙面朝湖面，欣赏着自己的倒影——她的发型就像是一个准备直飞太空的火箭。

接着，这个体型巨大的绵羊龙又向平静、清澈的湖面靠近了一些，从倒影中，她看到自己平凡的羊生焕发出了新的魅力。

蓝天和绿树映衬着她洁白的身体，头上的发冠直挺挺的，看上去像传说中的神兽！

"你喜欢这个发型吗？"特丽莎问绵羊龙。

我不由得四处张望，想找一个山洞或者地缝。如果她的答案让我难堪，我就赶紧钻进去。

"非常棒！你们可以带走我的毛了。"

哇呜！

我真是太幸运了。

真是有心栽花花不发，无心插柳柳成荫！

我居然误打误撞地成功了。

真是让人振奋。现在，我终于可以制作毛线团，然后

跟特丽莎一起去迷宫了。

　　我背包里装满了毛线团。这时候，世界上最健谈的翼手龙"大舌头"飞了过来。

　　我轻轻抚摸着他。这家伙是个爱生气的小可爱，虽然从不表现出来，但是我知道他的这个性格。

哪阵风把你刮到这来了，我的朋友？

啊嘟嘟

我不停地抚摸着他，就像我爸爸抚摸他的爱车一样。

"哪阵风把你刮到这儿来了，我的朋友？"

"啊嘟嘟，噗噜噜！"

我把他奇怪的语言翻译给特丽莎听："他是来告诉我们他看到的事情，瑞普特和沃尔多跟踪艾德、麦克和伊芙，大舌头又跟踪瑞普特和沃尔多。"

真是一系列的跟踪行动啊！

翼手龙和他的奇怪语言——第1部分

① 啊嘟嘟

③ 我只是想告诉他我想他了呀！

② 向我道歉！别以为我不知道你在说什么！

注意：请按序号进行阅读，奥斯本的思路偶尔有点儿乱。

特丽莎大笑起来，然后满怀嘲讽地说："他就说了几个字，你居然能翻译出这么长一串！我怀疑都是你胡编乱造出来的。"

翼手龙和他的奇怪语言——第 2 部分

在翼手龙的语言里，一个 A（啊）的音，就足以包含一部小说的内容！

= 一部但丁的神曲

翼手龙跟别人说话的速度超级快！

我像猎豹一样眯着眼，像狼一样龇着牙！见我这个样子，特丽莎立刻就意识到我不喜欢被质疑。

"特丽莎，相信我！我现在就问他是不是有什么发现！"

这个"侏罗纪未来的总统"嘴里嘟囔了几句，然后说："我就是有点儿好奇嘛！"

大舌头觉得是时候把一切都告诉我了。他深吸一口气，说道："埃克斯卡！"

"不！"我震惊地说。

如果可以，我宁愿永远都听不到这个消息。但事实上，我听得清清楚楚。我大叫着："不！不！"

特丽莎被情绪失控的我吓得倒退了几步。

"虽然我不知道翼手龙跟你说了什么，但我猜应该不是什么值得庆祝的事情吧！"她意识到大舌头又给我们带来了一个坏消息。

我准备把事情告诉特丽莎，但是她可能怕我又突然大叫，所以靠近我的时候小心翼翼的。

"大舌头说，那三个坏蛋去了神奇公共汽车站。一个个子很高、留着像画家达利那样翘胡子的人从公共汽车上下来。那个人看上去很傲慢，戴着大大的方框眼镜，笑起来的样子十分邪恶，就跟黑暗社团的坏蛋们一个样！"

特丽莎忍不住皱起了眉！

"我都能想象到他那副让人

伯尼

不安的模样！对了，大舌头告诉你那个人是谁了吗？"

"当然，大舌头办事很细心。那个人叫伯尼，是个气象学家。"

"什么？气象学家是什么？是专门研究陨石的人吗？"

气象学家伯尼！

"他是预测天气的人！"

"是个占卜师？"

"并非如此！"

"能够预测未来的人不是叫作占卜师吗？"

"他只能预测天气的好坏！"

"太酷了！他们居然找来了一个占卜师！"

那三个坏蛋为什么找了一个天气预报员来呢？

这真是个有趣的问题！

　　我想不出答案，所以我得一边开动脑筋回忆自己是不是忽略了什么细节，一边继续跟特丽莎讲述。

　　"伯尼跟三个坏蛋拥抱后，就告诉他们，自己带来了全套的天气预报设备。"

　　"所以他们是让伯尼来预测明天的天气是好还是坏？"

　　"当然……我懂了。是的，我终于明白那三个坏家伙为什么要联系一个气象学家了。这一定是大反派不先生想出来的计策！我都能想象到不先生那副自以为能够战胜我的得意样子。"

让人印象深刻的气象学家！

不经历风雨
怎能见彩虹

84

哲学家特丽莎！
她很少有心灰意冷的时候，
总是向大家展现出自己
最灿烂的一面！

恶魔的计划!

"再说清楚些!跟我解释一下为什么三个坏蛋要把一个占卜师弄到侏罗纪世界来!"

"很简单,毁灭世界不过就是为了两个目的:权力和金钱!"

"我还是不明白。"特丽莎说,但这次她没着急发火。

特丽莎向来不喜欢当一个旁观者。越早了解事态发展,她就越能参与进来并发表意见。

所以我得尽可能地把事情说明白。

"不先生需要利用这个占卜师的预测能力帮他树立威信。眼下大家已经不信任他了,但是如果他能够预测未来,那么局势就将被扭转。他想借此控制侏罗纪世界所有的居民,一方面可以跟大家说不会发生陨石灾难,另一方面还能破坏我在大家心中的形象。

这计划真够绝的!不先生比其他坏蛋都恶劣。

不过只要没到最后，我们就有获胜的希望。我想这些坏蛋肯定会想方设法地赚钱。他们会发明雨伞，然后卖给其他人。是的，因为他们能提前知道什么时候会突降暴风雨，所以肯定会找准时机这么做。"

"哇呜！虽然我不想这么说，但是这些坏蛋还真是聪明。"这种话也就特丽莎能说出口。

不先生的计划还真是好得没话说。

"我们现在该怎么办？"特丽莎问。

"我们得先救出劳埃德，然后再想想怎么对付不先生。照这种情况，不先生可能会说服所有人。大家都不愿意相信会发生陨石灾难，但是会很容易信任一个能够预测天气的人。"

这些坏蛋将会成为
大明星，会受到
所有人的爱戴！

我不会让这种事情发生的！

特丽莎的担忧不无道理。

她不仅意志坚定，而且思虑周全，知道事情的轻重缓急。首先我们得去救劳埃德，然后再对付黑暗社团。

劳埃德，就算我们的腿还在发抖，也要先去救你！

迷宫正等着我们呢！

虽然明知道这是大坏蛋不先生设下的圈套，但是我们爱劳埃德，我们要救他！恐惧也无法阻挡我和特丽莎的脚步。

我们把羊毛做成的毛线团装进了我的背包。

"你真的一点儿都不害怕吗？"特丽莎问我。

我露出那副大家熟知的、如英雄一般自信的笑容，说道："我会让黑暗社团害怕我的恐惧。"

特丽莎也笑了，不过她并不理解我的这个笑话。我确定她没听懂，因为我自己都不知道我在说什么。

不过这都不重要了。因为我们已经到达了迷宫的入口。而你也阅读到了第2章的结尾！

第 3 章
这不是填字游戏，而是迷宫！

亲爱的日记：

　　你一定听过这样的故事——一个胆小的孩子裹着被子对他的母亲叫道："妈妈，我怕黑！"不过那位女士却丝毫没有离开沙发的意思，只是随口安慰道："别害怕，宝贝，我让食人魔去给你开灯！"

　　知道我说的是什么意思吗？有时候你只能自己去面对和克服心中的恐惧。只能靠自己！明白吗？

坏蛋们和黑暗社团……
我呸！

迷宫入口

走开！

禁止敲门

无法定位

谁进去谁后悔！

离远点！

特丽莎比我胆子大，她推着我在粗糙的地面上向前蹭了几米。

我是真的不喜欢迷宫。

围墙那么高，想要爬上去看清里面的构造是根本不可能的事情。

我们的英雄能成功吗？

迷宫入口

走开！

禁止敲门

谁进去谁后悔！

所有的路看上去都差不多。感觉墙似乎就要倒了。要是砸到我的头，那可麻烦了。

而且，是超级大麻烦！

因为我的大脑是重点保护对象！

特丽莎，我们真的要进去吗？要是里面有怪兽怎么办？

要是他们逼我们玩石头剪刀布怎么办？

无法定位

这个迷宫有出口吗？它有没有一扇通往外面的大门啊？这些都有人检查过吗？

为什么生活中总会出现一堵高墙呢?

特丽莎试着鼓励我。

"我们进去吧！去救劳埃德，然后就回去找大家！"

特丽莎说得可真轻巧啊！

我转身看她，结果耳畔只有她的回声，却不见她的踪影。

跑哪儿去了？

一秒钟前特丽莎还在我的身后，现在却只闻其声不见其踪影了。

也许在我刚才转弯的时候她就停下来了吧！

我试着往回走。我们还没来得及打开毛线团呢，特丽莎就先失踪了。

这也太奇怪了。

我大声喊："特丽莎！"希望我的声音能够穿过围墙让她听到。

略略略略略略略略!!
做鬼脸的声音!!

这是从哪里发出来的声音？又是谁发出来的呢？

"你在哪里？"

"我在这儿，墙的后面！"

"别着急，我这就来。"

"不，别过来！"

"为什么？"

"我被锁住了。迷宫里有一个定时器，只要你走得慢了，门就会关上，就出不去了。"

"太糟糕了。我讨厌事情变得复杂。来一场不需要解决麻烦的冒险该多好！这样我就能一直当英雄了。"

"我们现在要怎么办？"我问特丽莎。

我知道作为带头人不该问这种问题。其实我很镇定，只是有点儿不知所措而已。

可特丽莎知道……

特丽莎知道该怎么办！

"你继续往前走，去救劳埃德！"

"那你怎么办？"

"我是大姑娘了！我可以自己救自己！不用白马王子来救我！"

"可我是新时代的男孩子，不是白马王子！"

"你快去救劳埃德吧！我会找到出路。"

"你应该用你女性的力量烧掉这堵墙！"

"马丁，我可不是霹雳火，这也不是漫威漫画！"

有那么一瞬间，我觉得自己可能要失败了。可我是为胜利而生的，除非最后一线希望破灭，或者奥斯本的书完结了（这根本不可能），否则我是不会放弃的。

多说无用。

绵羊龙的毛不能白剪。我要开动脑筋，只要大脑动起来，我就是最棒的天才。

"把我的背包扔过来，我先去救劳埃德，然后再回来把你弄出去。然后，我们就可以一起原路返回。我的计划很棒，是吧？"

我不能白给绵羊龙做造型！

98

斯坦·李是蜘蛛侠、绿巨人、钢铁侠、复仇者联盟等漫威角色的创造者!

哦，真抱歉马丁！

我让你扔的是线团，可不是炸弹啊！

特丽莎把毛线团扔了过来，结果砸到了我的头。她哈哈大笑起来，或许是我的话太搞笑了吧！不过，要是特丽莎看过《艾米丽在巴黎》，就不会觉得我傻了。

哎哟！

我把毛线的一端拴在困住特丽莎的那堵墙上，然后沿着迷宫的小巷一路放着毛线。

我明白了做鬼脸的终极奥秘！

当时，我面前出现了两扇门，中间站着一只小丑龙。

可怜的家伙，那是一头乔装成小丑的恐龙。他拦住了去路，不让我通过。

猜谜语

什么东西有两个驼峰，并且生活在北极？

猜谜语

我需要猜对谜语，小丑龙才会打开正确的那扇门。不先生这次真是煞费苦心啊！不过还挺有意思。

我让小丑龙告诉我谜面，并要求他不要再继续做鬼脸了。因为我根本就不会被逗笑，在这方面他们跟我比真是差远了。

"什么东西有两个驼峰，并且生活在北极？"这个史前小丑问我。

这道谜语还挺深奥，
但是难不住我！

我本来想说："答案是一个站在镜子前的圣诞老人。"但是再想想出这道题的人，不外乎是不先生和三个坏蛋，这几个人都没有文化，所以正确的答案一定要比这个答案简单得多。

我深吸一口气，然后试探着说："一头迷路的骆驼。"

小丑龙笑了，还不忘对着我做鬼脸。在他心中，我这样的小孩子一定很喜欢这一套。

　　我答对了小丑龙的谜语，他十分吃惊，甚至对我说："兄弟，要不你就留在迷宫里做我的助手吧！你在搞笑方面很有前途！"

　　他十分欣赏我的才华，但是他不知道，我的目标是拯救世界，可不能一辈子待在黑暗社团的地盘上。

　　"谢谢你的好意。不过我的计划是营救我的朋友，然后我还得去拯救世界。"

　　"我猜那一定很有挑战性。"

　　"是的，我一直都知道这一点。但是想要被载入史册，要么去做伤天害理的事，要么就拯救世界。"

　　"我会想你的，孩子！"

　　我笑了笑，然后跟小丑龙告辞。没走几步，他又叫住我说："嘿，马丁，有两只虱子在一个人的秃头上，你猜虱子们在干什么？"

　　"简单，它们在手拉手，这样就不会滑倒了。"

　　小丑龙笑得前仰后合。

　　"这个笑话总是能让我哈哈大笑。好了，再见！"

哈哈哈哈哈哈哈哈！！
哈哈哈哈哈哈哈哈！！

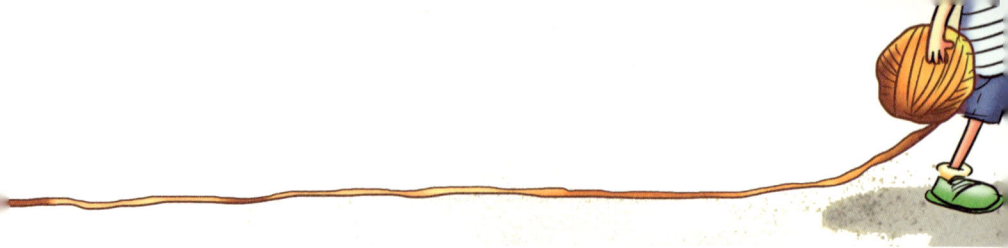

我走进左边的那扇门，这时小丑龙说："要是你走进另一扇门，就会回到入口处，那样会浪费很多时间。"我拖拽着身后毛线球上的线，这样才能回去找到特丽莎。这个可爱的小东西真是太有用了，我得意地吹起了口哨。

当听到一阵咕噜声时，我就笑不出来了。那似乎是一种让人恶心的、巨大的喘息声。我立刻警觉起来。片刻之后，我收起脸上得意的笑容，换上一副"你确定要我上台"的严肃表情。

"不要太崇拜我呀！"弥诺陶洛斯傲慢地对我说。

看来黑暗社团在这个迷宫上没少下功夫，甚至不惜血本请了一个真正的牛头怪物来。

接着，这个怪物粗声粗气地用舞台剧演员的腔调说："我是弥诺陶洛斯，一个希腊神话中的人物，我的特点就是一半是人，一半是牛！"他僵硬的样子真像欧洲迪士尼里的木偶。

他看上去并不凶神恶煞，也许是迫于生计才不得不接受这份工作，毕竟大家对弥诺陶洛斯总是存有偏见，除了让他当迷宫里的怪物，并不会找他做其他事情。

"弥诺，"我跟他保持一个相对安全的距离，然后平静地说，"你是迷宫里非常重要的一部分，但是你能不能让我过去？我得去救我的朋友，而且时间紧迫。当然，你已经把你的角色扮演得很好了。"

牛头人就像是一个不停重复话语的玩具，他看着我然后又开始背他的台词："我是弥诺陶洛斯，一个希腊神话中的人物，我的特点就是一半是人，一半是牛！"

好吧，我懂了。

依我看，他是一个需要自尊的牛头人。

"如果我好好地评价你的表演，你能让我过去吗？"

也许他是一个为"爱好"而生的家伙。

亲爱的，你从迷宫回来啦？

嗯……是的。你觉得我会喜欢这份工作？弥诺陶洛斯还能干别的吗？

没想到弥诺陶洛斯居然朝我龇牙咧嘴，看来他的脾气并不好。我赶紧往后退了退，不然他带来的压迫感足以让我窒息。他一定是吃错药了，不仅如此，他还让我交出手里的线团。

"快点，你最好主动把线团给我。"

"不行！"我说，"没有线团，我就找不到回去的路。"

弥诺陶斯的邮

亲爱的，我现在正忙着。是的，有个客户，等我把他搞定了，再打给你好吗？嗯……嗯……我也爱你！

吧啦吧啦……

你想让我换个时间再来吗？

坠入爱河的弥诺陶洛斯！

"哪来的臭小子！这是规矩，懂不懂？如果所有人都带着个毛线团进迷宫，那我们不如干脆把这些墙都拆了，再建一条高速公路得了。你得尊重我的职业！到了这里，你就不能带着毛线团到处走。否则我还不如把无线网络的密码告诉你，让你直接用手机上的地图查路线呢！"

"不，我不能把这个线团给你。不然我就再也见不到我的朋友们了。"

弥诺陶洛斯这个怪物不再说话，突然把我的线团抢过去吃了！喂，那可不是好吃的！

"真难吃！"几秒钟后，他对我说，"不过今天我是靠实力赚取了薪水。现在你可以继续往迷宫深处走了，但是我得告诉你，你永远都出不去了！"

我气得直跺脚，大叫道："这不公平！"我真想放一个"马丁牌"臭屁臭死他，可是转念一想，他根本不配拥有我的臭屁。我气呼呼地从弥诺陶洛斯身边走过，他也不再阻拦我了，就在我即将消失在他眼前时，他说："孩子，别太介意，毕竟我喜欢工作的时候有人陪伴。"我继续前行，没想到却走进了一个死胡同，大约用了 10 分钟，才从里面走出来。

最终，我在一条小路的尽头找到了被关在笼子里的劳埃德，我赶紧打开囚笼的门，但是劳埃德似乎没有注意到我，只是自顾自地扯着嗓子唱歌，而且调子跑得比平时还严重。

"我要歌唱迷宫里的阳光和温和的弥诺陶洛斯。"这个傻孩子，他现在怎么连好坏都不会区分了。

我爱毛线球！

这是我的。你要是想要一个毛线球，就自己去绵羊龙身上剪！

又让我独自面对这些！我讨厌毛线球！它们简直就是我的噩梦。

可怜的忒修斯！

我们拥抱在一起!

"我们好想你!还好终于找到你了,不过现在出了点小状况!"

"怎么了?"

"我们得找到迷宫的出口以及特丽莎的所在!"

"不!"劳埃德哀嚎着。

"你不用再担心这些事了!"这是特丽莎的声音,不知什么时候特丽莎居然出现在了我的身后。

"你怎么会在这里?你是怎么来的?"

我终于找到了我那五音不全的朋友!

"我都跟你说了我们女孩子可以自救!我用头撞破了那堵墙,你知道的,我是个急脾气。而且我还用你背包里的第二个线团在找你的路上做了标记。"

"这么说我们可以原路返回了?"

"没错!"

"太棒了!那么接下来我们要做的就是跟黑暗社团和天气预报员对抗了。"

"是占卜师!"特丽莎笑着强调。

第 4 章

天气怎么样?

第4章

亲爱的日记：

黑暗社团在城市广场的中央搭建了一个舞台，伯尼无比骄傲地站在上面！

侏罗纪世界的居民们情不自禁地为他鼓起掌来。

你们看见太阳了吗？告诉你们吧，今天反而会下雨！我可是天气预报员伯尼！

典型的自以为是

为了引起居民们的注意，麦克先是摸了摸伯尼的小胡子，然后背诵了一段事先准备好的内容：

"伯尼，你会占卜，所以能预测未来。那么你能不能告诉我们，未来恐龙们会不会因为陨石灾难而灭绝？"

伯尼笑了笑，他当然知道该怎么回答，因为不先生已经提前跟他密谋好了。

"马丁是个大骗子。陨石根本就不会让恐龙灭绝。而且陨石是一种好的石头，就算掉到我们的头上，也将会是一场美丽的碰撞。"

这时候，伊芙登场，她一边偷看小纸条上事先编好的台词，一边问伯尼："你为什么打着伞呢？今天可是大晴天！我想只有会魔法的人才能预测到什么时候会下雨。您能说明一下吗，亲爱的占卜师？"

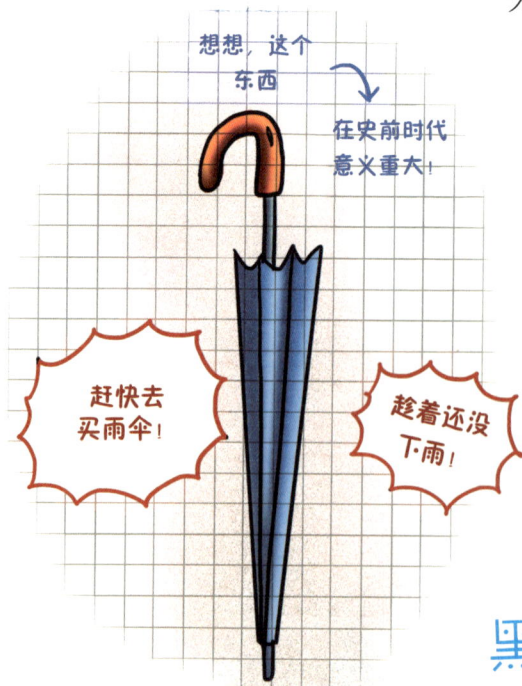

想想，这个东西

在史前时代意义重大！

赶快去买雨伞！

趁着还没下雨！

黑暗社团的雨伞！

伯尼给了走上台的不先生一个拥抱，然后才回答伊芙的问题："今天会下雨的，用不了几分钟就要变天了。我对我的专业很有信心。我可是很有学问的。所以快来买不先生的雨伞吧！它将为你遮风挡雨。要让你们相信我并不容易，但是我确实知道明天会发生什么。我知道恐龙不会灭绝，我知道不出 180 秒就要下雨了。只要你相信我们，你的生命就会发生巨大的变化！"

所有侏罗纪世界的居民都鼓起掌来，但是没有一个去买伞，他们在这方面可是很谨慎的。

不先生偷偷地笑了，因为他早就预料到这一点。不先生明白，只要天开始下雨，大家就会立刻抢购他的雨伞，到时候售价就不止是 5 侏罗纪币，而是 15 侏罗纪币了。

迈克抬头望向天空，突然一阵冷风从他身边吹过。乌云迅速聚集，遮住了原本晴朗的天空。几分钟后，天彻底地阴了下来。之前还晴空万里，此刻已经乌云密布，随后大雨倾盆而下，狠狠地拍打着侏罗纪世界的居民们。大家异口同声地叫着："不！"

现在，事实已经证明伯尼的确能够预测未来。

大家大声呼喊着："不先生万岁！伯尼万岁！"

黑暗社团的家伙们十分崇拜强大的领导人。天气预报员在离开舞台去跟粉丝拥抱前，他伸出手示意大家冷静下来，然后清了清嗓子说："3天后就会升温，'阳光之日'就要来了。到时候气温会上升30摄氏度，就算现在是冬天，我们仍然可以去海滩玩。大家敬请期待，3天后我们会带给你们惊喜的！"

不先生接过话筒，龇着牙笑道："我们非常期待3天后与大家的见面，到时候我们会带来泳装！大家要记住——我们能够预测未来，而马丁只会毁掉未来。我们是黑暗社团。3天后，你们将拥有灿烂的阳光，而雨将会自己停止。"

我得把这件事记下来。3天后去找黑暗社团，我不能让伯尼下不来台。

记事本

伯尼讨厌我……他的内心是阴还是晴呢？

躲在草丛里的我们目睹了黑暗社团的这场邪恶表演。

　　我们决定在人群散去之前赶紧溜，不然被素食恐龙误当成草给吃了就惨了。

　　我们一路飞奔回到学校。我找了张桌子坐下来。

　　沃尔多、特丽莎、劳埃德和瑞普特个个神情沮丧，闷闷不乐地回到自己的座位上。

　　特丽莎首先打破了因为恐惧而带来的沉默。

　　"马丁，你是怎么想的？你一直有很多好点子。"

　　我双手抱胸，露出一副精明的笑容，说道："我的好点子多得是。"

　　沃尔多激动地站起来，那个样子仿佛看到了黑暗尽头的曙光。

"马丁，快给我们说说你的计划。快！我这急脾气实在等不了了。"

我只好乖乖地走到黑板前。

"我准备破坏'阳光之日'，让他们在所有侏罗纪世界的居民面前出丑。"

"怎么可能？"瑞普特说。

"去给他们下一场雨！"我想都没想就脱口而出。

劳埃德兴奋地插话："我们可以把它叫作'唱歌计划'！"

特丽莎用一片叶子捂住了劳埃德的嘴巴，以免他继续胡说八道。然后特丽莎问我："要怎么做呢？你不会造雨啊！"

"是的，但是我有个想法……如果在'阳光之日'那天下雨，那么居民们就不会相信他们了。所有的恐龙都将跟我们一起，团结一致拯救这个世界。"

科学中的未解之谜

为什么我们盼望下雨，但是真下雨了又不喜欢了？为什么雨后的太阳比晴天的太阳看起来更美丽？

下雨天，我们的手不再用来拿手机，而是用来撑伞。我们的眼睛也可以放松一下——去看看这个美好的世界。

难道我们只有一只手吗？

下一秒，特丽莎已经冲到门口，招呼着我们："还等什么，快出发吧！"

"先回座位好吗？我还没有介绍完我的计划呢！"

1) 我们要制造假的乌云。

**2) 乌云一定要做得又大又逼真，
然后让翼手龙带着飞上天。**

3) 我们还要给每头翼手龙五瓶水。

用皮带固定
水瓶

**4) 翼手龙们藏在假乌云的后面，然后把
水倒下来，就会像下雨一样了。**

5) 我们还得给沃尔多制作一架滑翔机。
沃尔多飞上天啦！！
6) 把一个100升的水瓶交给沃尔多，让他也隐藏在假乌云的后面。
7) 沃尔多和翼手龙联手制造一场“倾盆大雨”，这样我们就能战胜黑暗社团了。

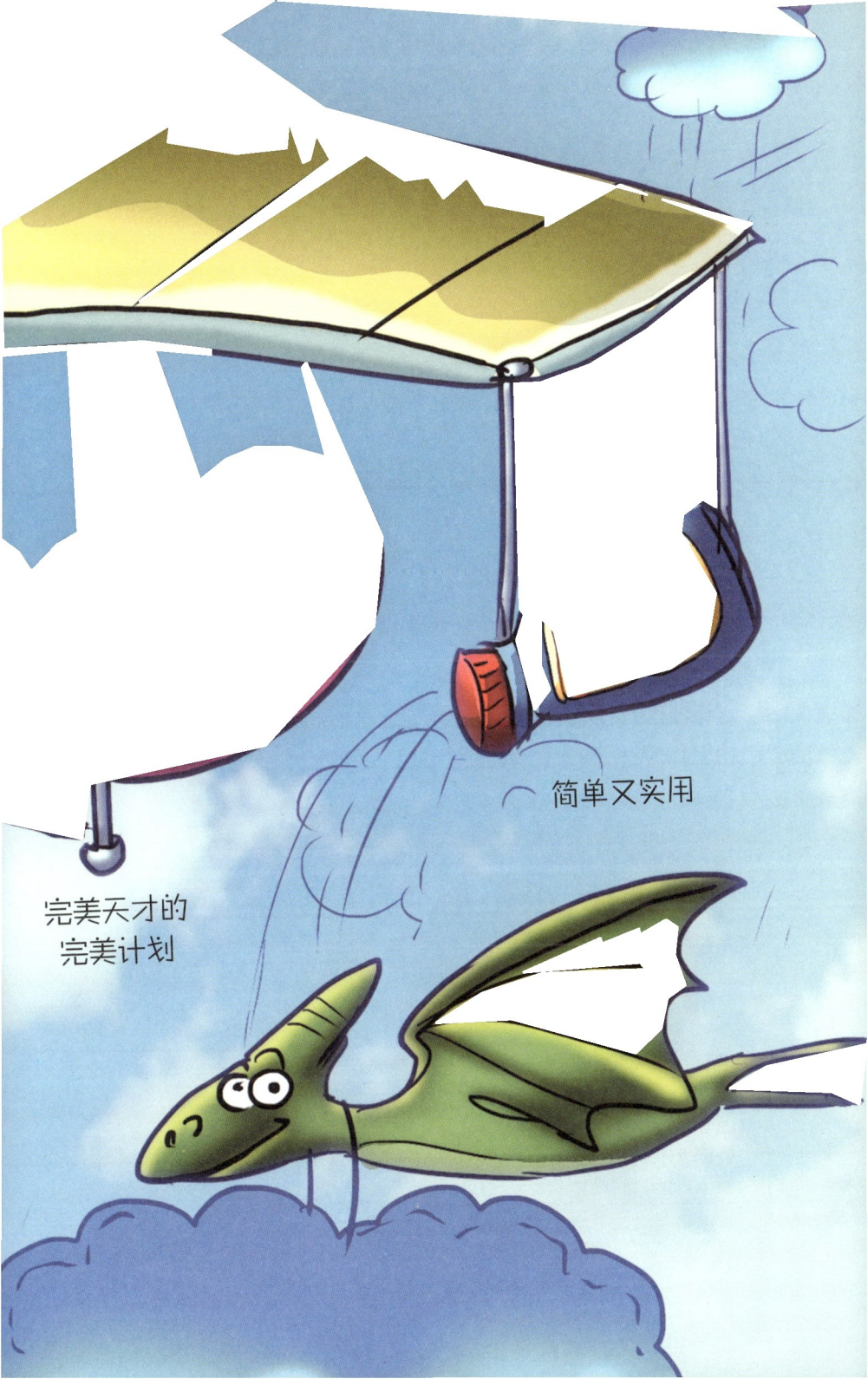

简单又实用

完美天才的
完美计划

"真是个天才的计划！"特丽莎说。

瑞普特又开着玩笑："知道谁才是最黑暗的天才吗？是那种平时觉得自己没什么天赋，但是总能灵光乍现、一鸣惊人的家伙！"

对瑞普特来说，搞笑比呼吸还容易，他总能发现事物有趣的一面。沃尔多一边抱着我旋转一边说："我真高兴你能想到利用我鸟儿一般的技能。"

"当然了！"我点着头，"而且滑翔机会帮你更好地完成工作。"

"好的老板。我永远爱你！"

"加油！"我大声对大家说，"现在开始工作！去破坏黑暗社团的'阳光之日'！"

计划已经有了。

接下来就是把它变成现实。

这本书可能包含促销插页。

第 5 章
不太完美的结局

64个小时之后——阳光之日

伯尼简直就像一只钻进你睡裤让你睡不成觉的老鼠，实在是惹人生厌。

也许我有些言语过激，也许是我用词不当，但是当他浑身臭汗走上台的时候，真的让人倒胃口。

侏罗纪世界的恐龙都聚集在城市中央的广场上。

今天天气很热。以至于我都怀疑这么高的温度之下，恐龙怎么可能会因为冰川期而灭绝呢？

瑞普特热得大汗淋漓，汗水几乎都要汇成一条小河了。

特丽莎用孔雀羽毛给自己做了一把扇子。不用担心，被拔了毛的孔雀还活着，只是不停地大叫而已。

劳埃德从冰山上取了一小块冰权当冰激凌，以此缓解燥热和口渴。艾德、麦克、伊芙正和不先生的手下在广场中央售卖雨伞，而我则穿着一身沙滩装。

科学中的未解之谜

世界上第一头恐龙是怎么生活的?
更重要的是,当它吃了一只火鸡后,
发现自己其实是素食
恐龙怎么办?

现在,好戏就要登场了。我的计划天衣无缝。沃尔多和翼手龙也做好了准备,至少我是这么想的。然而,事情却出现了变故。

沃尔多登上滑翔机之前,去拿制造倾盆大雨的大水瓶。

但是,高温让他呼吸困难,他只能不停地吐舌头。"真讨厌,这热浪就像不先生呼出的气似的。"

沃尔多看起来随时都可能晕倒。他把我叫过去,跟我说在他开工之前需要喝一口瓶子里的水。

"马丁,要是不让我喝水,我就得晕倒。我是一只鸟,鸟儿需要喝水!"

"喝一点儿也行,但是千万别把瓶子喝空了。"

沃尔多喝了一口，然后又一口，接着一口又一口……

　　"够了！"我生气地批评他，"我们没有时间再回湖边打水了。"

　　可沃尔多根本不听，不停地喝着"倾盆大雨"。这下我的计划全被打乱了。

　　我本以为自己只是置身悬崖边，没想到其实已经坠入谷底。

我们没有为炎热做准备！

翼手龙居然把假乌云丢在了街上，只带了水瓶来到广场。

他们都想干什么啊？！

难道要把水转卖给其他恐龙防止中暑吗？！

这简直就是一场灾难。我的计划还没开始就要结束了。这个世界就要因陨石灾难而毁灭了，可我却什么都做不了。

我以为是汗水和泪水让我浑身湿透，但是当我抬头看向天空，才发现已经乌云密布。

　　下雨了！这怎么可能？

　　伯尼的预报有误！

　　我跑到台下偷听。伯尼弯着腰、低着头凑到不先生耳边窃窃私语。

　　"我看错了日期，错把明天的天气当成今天的了。"

　　不先生生气地龇着牙，大骂道："现在，大家只会更加相信马丁，并且觉得我们是在胡说。"

　　站在后面的麦克摇了摇头，插嘴道："难道我们不是吗？"

侏罗纪世界的居民们开始对着不先生起哄，接着又朝我欢呼起来："马丁万岁！"

这么多恐龙，他们都爱我。终于，所有问题都解决了。

我感到很开心。

我快步走上台，拿起麦克风。

沃尔多、劳埃德、特丽莎和瑞普特崇拜地看着我。

我得说出真相。我就是他们的史蒂夫·乔布斯。

这个世界需要有智慧、有才华的领导者来说出真相。我略微思考了一下，然后说："陨石灾难将会降临，但是我有一个办法可以让大家逃过这一劫。你们很幸运遇到了我，我的聪明才智可以带你们开启新生活，一个安全的新生活。"我的话还没说完，天上就开始下起了陨石雨！哦，这跟我想的可不一样。那些陨石很小，十分小，非常小。没准儿连只蚂蚁都伤害不了。那些历史书和科普书都是谁写的啊？也许我错了。是的，我确定我错了。我看见远处的云里有烟雾升起。那是从工厂里冒出来的吗？怎么可能呢？史前时代可没有工厂啊！

陨石居然都是一些很小的小石块，连蚂蚁都伤害不了。看来是我搞错了！

你就是传说中的"灾难"吗？

布鲁诺，你瞧，下沙粒雨了。

坏消息传来！

事不宜迟，赶紧行动！

我觉得不太可能。

可我不由得把事情想得更复杂……要是黑暗社团让伯尼建一个史前时代的工厂呢？那排出的废气就可能会破坏臭氧层，最后还会导致恐龙灭绝！

看来我**又得去**拯救侏罗纪世界了。

当英雄就不可能清闲，对吧！

我叫来朋友们，说道："接下来我们要对付的是'臭氧层空洞'！"

新的冒险历程等着我去开启。亲爱的朋友们，我们到时候再见了！

聪明无敌的马丁

不要被教条束缚，否则你将永远在
别人的影子下生活。
不要让别人的意见扰乱你真实的内心。
要记住，没有什么比顺从自己的内心更重要。
只有这样，才能做真实的自己。
而其他的，都是次要的。

史蒂夫·乔布斯

请您欣赏
所以，恐龙灭绝的原因是臭氧层空洞。因为空气污染会破坏臭氧层！别怕，我会拯救他们的。
看来我们是摆脱不了他了。
未完待续

菲利普·奥斯本 （Philip Osbourne）著

菲利普·奥斯本是一位全球畅销书作家。他的作品大多围绕"科幻、冒险、友情"展开，通过精彩的故事和幽默的文笔配合妙趣的插画，传递着"乐观、勇气、爱"，深受世界各国小读者的喜爱。

奥斯本的书已在美国、法国、意大利、德国、希腊、俄罗斯、罗马尼亚、巴西、中国、阿尔巴尼亚等四十多个国家出版，多部作品被动漫、影视化，比如《哈里和邦尼》（Harry & Bunnie）和《ABC怪兽》（ABC Monster）由艾尼曼莎（Animasia）公司改编成动画片；畅销书《书呆子日记》（Diary of a Nerd）将由彩虹（Rainbow）公司制作成电视剧。

《侏罗纪日记》也将被拍成动画片，值得期待哦！

罗伯塔·普罗卡奇（Roberta Procacci）绘

罗伯塔·普罗卡奇是一名儿童图书插画家，因为畅销书《书呆子日记》画插画而被大众熟知。

她与菲利普·奥斯本合作的还有《幽灵与布利》（*Ghosts & Bulli*）和《夜魔与恶霸》（*The Lord of the Night and the Bullies*），后者是一部根据真实事件创作的插图小说，得到了业内人士的高度评价。

多年来，她一直致力于童书的插画创作，还为很多有趣的科学书籍绘制插图，可以说是一名高产的插画家。

JURASSIC DIARIES Volume 2

Copyright © 2020 Philip Osbourne (Author) and Roberta Procacci (Illustrator)

This agreement was arranged by FIND OUT Team di Cinzia Seccamani, Novara, Italy

版权合同登记号：图字：30-2022-016 号

图书在版编目（CIP）数据

马丁历险记之侏罗纪日记 . 2, 雨中曲 / (意) 菲利普·奥斯本 (Philip Osbourne) 著；(意) 罗伯塔·普罗卡奇 (Roberta Procacci) 绘；马天娇译 . -- 海口：海南出版社 , 2023.1

书名原文：JURASSIC DIARIES Volume 2

ISBN 978-7-5730-0808-4

Ⅰ . ①马… Ⅱ . ①菲… ②罗… ③马… Ⅲ . ①儿童故事 – 图画故事 – 意大利 – 现代 Ⅳ . ① I546.85

中国版本图书馆 CIP 数据核字 (2022) 第 197235 号

马丁历险记之侏罗纪日记 2. 雨中曲
MADING LIXIANJI ZHI ZHULUOJI RIJI 2. YUZHONGQU

作　　者：[意] 菲利普·奥斯本
绘　　者：[意] 罗伯塔·普罗卡奇
译　　者：马天娇
出 品 人：王景霞
责任编辑：张　雪
策划编辑：宣佳丽　高婷婷
责任印制：杨　程
印刷装订：北京汇瑞嘉合文化发展有限公司
读者服务：唐雪飞
出版发行：海南出版社
总社地址：海口市金盘开发区建设三横路 2 号　　邮编：570216
北京地址：北京市朝阳区黄厂路 3 号院 7 号楼 101 室
电　　话：0898-66812392　010-87336670
电子邮箱：hnbook@263.net
经　　销：全国新华书店经销
版　　次：2023 年 1 月第 1 版
印　　次：2023 年 1 月第 1 次印刷
开　　本：880 mm×1 230 mm　1/32
印　　张：14
字　　数：174 千字
书　　号：ISBN 978-7-5730-0808-4
定　　价：108.00 元（全三册）